吉野百景

山口素基句集

Yamaguchi Soki

ふらんす堂

目次

句集
吉野百景

明^{めい}滅^{めつ}

浄見原神社《きよみがはらじんじゃ》／吉野町南国栖《みなみくず》。吉野川右岸、ほぼ垂直に切り立った断崖に建てられている。旧正月十四日に国栖奏《くずそう》が行われる。天武天皇《てんむてんのう》を祀る。

あらたまの火種《ひだね》を点《とも》す燧石《ひうちいし》
ひゅろひゅろと笛《ふえ》のしらべに国栖《くず》の舞《まい》

螢《ほうたる》のこゑ持《も》たざれば明《めい》滅《めつ》す

宮滝遺跡《みやたきいせき》／吉野郡吉野町。吉野川北岸の段丘を占め、天武《てんむ》・持統天皇《じとうてんのう》らがしばしば訪れた吉野離宮跡《よしのりきゅうあと》といわれる。

吉《よし》野《の》宮《ぐう》ありし處《ところ》の鮎《あゆ》を釣《つ》る

囮《おとり》鮎《あゆ》女《にょ》性《しょう》の鮎《あゆ》でありにけり

宮滝に伝わる鮎雑炊は煮麺

とりたての鮎《あゆ》をぶつ切《ぎ》り鮎《あゆ》雑《ぞう》炊《すい》

火《ほ》垂《たる》の火《ひ》吉《よし》野《の》離《り》宮《きゅう》の草《くさ》むらに

赤《あか》のまま吉《よし》野《の》離《り》宮《きゅう》の草《くさ》の原《はら》

象《きさ》山《やま》の象《ぞう》の鼻《はな》先《さき》十《じゅう》三《さん》夜《や》

割箸《わりばし》を作《つく》る里《さと》／宮滝《みやたき》から国道一六九号線と分かれて、県道二六二号線の菜摘《なつみ》、樫尾《かしお》、矢治《やじ》などの吉野川に沿った集落をさかのぼって行くと、やがて南大野《みなみおおの》である。ここもかつては和紙を漉く村であったが、紙を漉く家は数軒となり、今はそれに代わって、吉野杉や檜を使って割箸の生産をしている。

柊《ひいらぎ》挿《さ》し割《わり》箸《ばし》束《たば》ね日《ひ》に干《ほ》さる

蜻《せい》蛉《れい》の滝《たき》／貞享《じょうきょう》五（一六八八）年三月、松尾芭蕉は吉野の花を訪ねて、吉野路二度目の旅でこの地を訪れた。〈ほろほろと山吹ちるかたきのおと〉の句は、西河《にしこう》で詠んだことが紀行文『笈の小文』に記されている。

蜻《せい》蛉《れい》の滝《たき》の小《こ》径《みち》に落《おと》し文《ぶみ》

万《ばん》緑《りょく》の中《なか》や滝《たき》音《おと》近《ちか》づきぬ

竜門岳《りゅうもんだけ》／吉野郡吉野町と宇陀市の境にある竜門山地の主峰。別称竜門山。標高九〇四メートル。山麓一帯の住民の信仰を集める山で、石を祀る風習がある。

竜《りゅう》門《もん》といふ村《むら》の名《な》や鯉《こい》のぼり

竜《りゅう》門《もん》の滝《たき》のしぶきへ夏《なつ》つばめ

竜門寺跡《りゅうもんじあと》／竜門寺は奈良時代に建立され、幽邃な竜門岳の山懐に堂塔が立ち並んでいたが、いつのころかに寺はすたれ、今はすべての伽藍は姿を消して草に埋もれ、礎石などが残るのみ。

螢《ほたる》火《び》の群《むら》がりともりつつ消《き》ゆる

吉野《よしの》山口《やまぐち》神社《じんじゃ》／十世紀初めに制定された延喜式《えんぎしき》神名帳《じんみょうちょう》の、吉野郡十座に「大社吉野山口神社」とある。

みよしの、社《やしろ》のかなめ蔓《つる》万《まん》両《りょう》

山口《やまぐち》薬師寺《やくしじ》宝篋印塔《ほうきょういんとう》／建治《けんじ》四（一二七八）年在名の花崗岩製の宝篋印塔は奈良県下で二番目に古い。

しやぼん玉《だま》いつしか風《かぜ》となりゐたり

津風呂湖《つぶろこ》／津風呂湖は人造のダム湖で、昭和三十六年に竜門山系水を集めて農業用水を確保するために、農林省によって造られた。

とんばうの水《みず》に生《う》まれて空《そら》にあり

嵐山《あらしやま》／村上義光《よしてる》の墓から石段を下がると、吉野山下千本駐車場がある。駐車場を過ぎて右側の小山を「嵐山《あらしやま》」という。実は京都の嵐山は、鎌倉時代の半ばごろに、亀山上皇がこの辺りの風景になぞらえて桜を移し植え、地名も移されたという。

花《はな》の雨《あめ》吉《よし》野《の》雨《う》彩《さい》と翁《おきな》言《い》ふ

夜《よ》桜《ざくら》の沈《ちん》沈《ちん》と散《ち》る嵐《あらし》山《やま》

芭蕉《ばしょう》の句碑《くひ》／下千本駐車場のはずれ、嵐山の真下に一基と、ゆるやかな坂を下った道の右側にもう一基芭蕉の句碑が建っている。〈芳野にてさくら見せうぞ檜木笠〉と二〇メートルほど先の一段高い道の上に、〈花ざかり山は日頃の朝ぼらけ〉がある。

吉野《よしの》よし青時雨《あおしぐれ》して吉野《よしの》かな

幣掛明神《しでかけみょうじん》／近鉄吉野駅を降り、ロープウエイ千本口駅横の旧道を上がって、舗装道路と出会ったところに、幣掛《しでかけ》（四手掛）明神が鎮まっている。

梟《ふくろう》や夜《よる》の見《み》えざるものゝ見《み》ゆ

攻《せ》めが辻《つじ》・大橋／七曲りを上がりつめて、吉野神宮の方からの道と出会う所を「攻めが辻」という。

攻《せ》めが辻《つじ》の橋《はし》に川《かわ》無《な》し木《こ》下《した》闇《やみ》

星《ほし》月《づく》夜《よ》山《やま》にかゝりし太《たい》鼓《こ》橋《ばし》

黒門《くろもん》／金峯山寺の黒門は、吉野山への総門でもある。昔は公家、大名といえども馬や駕籠から降り、槍を伏せて通ったという。

夏《なつ》つばめ黒《くろ》門《もん》潜《くぐ》りひるがへる

弘願寺《こうがんじ》／黒門を上ると道は急になり、まもなく銅鳥居《かねのとりい》を見上げる坂の途中右手に、来迎山弘願寺《らいごうざんこうがんじ》がある。両側をつつじの植え込みで飾られた短い石段を上がって、山門をくぐると正面に石造りの観音像が出迎えてくれる。

みほとけの天《てん》と地《ち》を指《さ》す花《はな》の縁《えん》

袖振山《そでふりやま》／勝手神社の後ろの山を袖振山という。西暦六七二年、兄天智《てんじ》天皇の近江大津宮《おうみおおつのみや》から吉野へ逃れた大海人皇子《おおあまのみこ》が、勝手宮の神前で琴を弾いていると、背後の山から五色の雲がわき上がり、その中から天女が衣の袖をひるがえし現れたという伝説があり、袖振山の名がつけられた。

さくら散《ち》る義《よし》経《つね》主《しゅ》従《じゅう》落《お》ちし径《みち》

蝶《ちょう》舞《ま》ひてうぐひす鳴《な》いて夏《なつ》つばめ

奥《おく》の院《いん》寺《じ》院《いん》跡《あと》／苔清水から右へ、杉山の中の小道を上ると、杉木立や、まばらに桜の茂るところどころに、わずかな平地を見かける。この辺りは明治の初年までは吉野山の奥の院として、愛《あい》染《ぜん》宝塔院や安《あん》禅《ぜん》寺《じ》蔵王堂など多くの寺院が建っていて、修験者や花見の客でにぎわっていた。

いなびかり追分《おいわけ》となる行者径《ぎょうじゃみち》

女人結界石《にょにんけっかいせき》／石柱には「従是女人結界《これよりにょにんけっかい》　右大峯山上《みぎおおみねさんじょう》、　左蜻蛉瀧《ひだりせいれいのたき》」と記されている。

結界《けっかい》に咲《さ》くは地《じ》獄《ごく》の釜《かま》の蓋《ふた》

蟻《あり》地《じ》獄《ごく》女《にょ》人《にん》を禁ず修《しゅ》験《げん》径《みち》

静《しず》御《ご》前《ぜん》の舞《まい》塚《づか》／勝手神社境内のほぼ中央、低い石積みの輪の中に小さな石碑があって「義経公静旧跡・舞塚」と刻まれている。

舞《まい》塚《づか》に土《つ》筆《くし》摘《つ》みゐる少《しょう》女《じょ》尼《あま》

春《はる》の蝶《ちょう》静《しずか》の舞《ま》ひし處《ところ》へと

大日寺《だいにちじ》／勝手神社の鳥居の前の細道を下ると、日雄山大日寺《ひのおさんだいにちじ》が、まさに隠れ古寺といった静かな雰囲気の中に建っている。毎年十一月二十三日に、大日寺例大祭が行われて、「火渡りの行」がある。

素《す》足《あし》なる火《ひ》渡《わた》り行《ぎょう》や冬《ふゆ》の雷《らい》

五郎兵衛茶屋《ごろべえちゃや》／その昔、五郎兵衛という人が茶店を開いていたので、その名がついたという。

いちめんや建《けん》武《む》のさくら咲《さ》き誇《ほこ》る

金峯山寺仁王門《きんぷせんじにおうもん》（国宝）／吉野町吉野山。金峯山修験本宗総本山、山号国軸山。開基は役小角《えんのおづぬ》、中興は醍醐寺の僧聖宝と伝える。修験道の総本山で、境内に蔵王堂がある。

花《はな》おぼろ顔《かお》の大《おお》きな仁《に》王《おう》かな

蔵王堂《ざおうどう》／蔵王堂で行われる四月十一日から十二日の花供会式《はなくえしき》、七月七日の蓮華会（蛙飛び）が有名。

元《がん》朝《ちょう》や天《てん》と地《ち》を指《さ》し太《たい》子《し》像《ぞう》

鬼《おに》やらひ股《もも》引《ひき》はきて鬼《おに》となる

鬼《おに》やらひ泣《な》かれて鬼《おに》がなだめをり

節《せつ》分《ぶん》や鬼《おに》火《び》の燃《も》ゆる蔵《ざ》王《おう》堂《どう》

よろづよの鬼《おに》を集《あつ》めて鬼《おに》も内《うち》
金《かな》棒《ぼう》をどすんと春《はる》へ極《ごく》楽《らく》へ
花《はな》の雲《くも》仏《ほとけ》の顔《かお》の皆《みな》違《ちが》ふ

鬼《おに》のゐる手《て》の鳴《な》る方《かた》へ散《ち》るさくら
花《はな》会《え》式《しき》毛《け》槍《やり》投《な》ぐるも受《う》くも友《とも》
花《はな》会《え》式《しき》幼《おさな》なじみの鬼《おに》の衆《しゅう》

うぐひすや天《てん》衣《ね》剝《はく》落《らく》せる仏《ほとけ》

蔵《ざ》王《おう》堂《どう》の軒《のき》端《ば》に花《はな》の雨《あま》宿《やど》り

あなどりて蛙《かえる》となりぬ蛙《かえる》飛《とび》

蛙《かえる》飛《とび》の蛙《かえる》は散《さん》髪《ぱつ》屋《や》の主《あるじ》

みほとけの木《もく》目《め》の涼《すず》し立《た》ち姿《すがた》

満《まん》月《げつ》を故《こ》山《ざん》に仰《あお》ぐ山《やま》鴉《がらす》

かはほりの月《つき》に戯《たわむ》る堂《どう》の裏《うら》
木《き》の実《み》降《ふ》る役《えんの》行《ぎょう》者《じゃ》の顎《あご》長《なが》し

南朝《なんちょう》妙法殿《みょうほうでん》／この寺は、明治初年に廃仏毀釈で廃寺になった実城寺の跡に、昭和三三（一九五八）年に、南朝四帝の尊霊と先の大戦での戦没者追悼として建設された。吉野朝宮跡。

みほとけは土偶《どぐう》のお顔《かお》若《わか》葉《ば》風《かぜ》

南朝皇居跡《なんちょうこうきょあと》／蔵王堂の西側の台地が、吉野の朝廷（南朝）が営まれた皇居の跡である。

南《なん》朝《ちょう》の若《わか》葉《ば》青《あお》葉《ば》の宮《みや》の跡《あと》

良寛《りょうかん》・吉野紀行《よしのきこう》の碑《ひ》／吉野町吉野山。金峯山寺蔵王堂の左方に後醍醐天皇行在所跡がある。平成六（一九九四）年十月十三日建碑。〈つとにせむ　よしの、里の　花がたみ〉などの句がある。

葉《は》桜《ざくら》や雨《あめ》に濡《ぬ》らすな花《はな》筐《がたみ》

東南院《とうなんいん》／ビジターセンターから土産物屋の立ち並ぶ平らな道を行くと、右側に金峯山寺の塔頭東南院がある。開基は役行者。とても古い歴史を持つ修験の寺である。

うぐひすや仏《ほとけ》のむすぶ智《ち》拳《けん》印《いん》

昭憲皇太后《しょうけんこうたいごう》の歌碑《かひ》／五郎兵衛茶屋から如意輪寺へ向かう急な坂道を下り切り、瀬古川という小さな流れに架かる橋を渡ると、六地蔵が並んでいて、その右側の小暗い木立の陰に、昭憲皇太后の歌碑が建っている。

はらはらと花散ることよ鐘韻《ひび》く

喜蔵院《きぞういん》／勝手神社裏の胸突き坂「宮坂」を上り切って、ほっと一息ついた左側に、長い土塀にかこまれて、大峯山護持院の一つ、喜蔵院がある。陽明学者の熊沢蕃山《くまざわばんざん》の歌碑が建っている。

初《はつ》蝶《ちょう》来《く》右《みぎ》向《む》き多《おお》し肖《しょう》像《ぞう》画《が》

善福寺《ぜんぷくじ》／喜蔵院を出てしばらく行くと、民家の間を右側へ下るゆるやかな道があり、道の両側に、蔵王権現や薬師如来の名を染めぬいた旗が立ち並んでいて、ほどなく生垣の中に見えてくるのが善福寺である。

春《はる》の星《ほし》天《てん》の囀《さえず》る如《ごと》きかな

櫻本坊《さくらもとぼう》／善福寺から元の道へ引き返してきて、すぐ目に入るのが、櫻本坊の築地塀である。

大《おお》海《あ》人《ま》の夢《ゆめ》見《み》桜《ざくら》の落《らっ》花《か》浴《あ》ぶ

大海人《おおあま》の夢見《ゆめみ》のさくら若葉《わかば》かな

天王橋《てんのうはし》・小山神社《こやまじんじゃ》／天王橋は、吉野三橋の一つで、大梵天王社（小山神社）の社前にある。これも、大橋や丈の橋と同様に大塔宮吉野城の堀切の跡で、昭和四十年代までは石の橋が架けられていたが、今は埋められて、欄干のみがその姿を偲ばせている。小山神社は、明治までは仏法を守護する梵天と帝釈天を祀っていた。

帝釈天《たいしゃくてん》祀《まつ》りて布引《ぬのびき》ざくらかな

雨師観音堂跡《あめしかんのんどうあと》／宗信法印《そうしんほういん》の墓から、さらに急坂を行くと、その中ほどの左右に老杉と桜に覆われた少し開けた台地がある。吉野皇居に居られた後醍醐天皇が、延元四（一三三九）年五月のある日、この辺りまで来られると、折からの五月雨《さみだれ》が降りだし、〈ここはなほ丹生の社にほど近し祈らば晴れよ五月雨の空〉と詠まれると、不思議にも空はからりと晴れあがったと『吉野拾遺《よしのしゅうい》』に伝えられている。

花《はな》の雨《あめ》御《み》幸《ゆき》の芝《しば》に晴《は》れあがる

横川覚範《よこかわかくはん》の首塚《くびづか》・供養塔《くようとう》／上の千本の桜の中を、右に左に曲がりながら上って行くと、やがてこんもりとした、ひとむらの木に覆われた塚の前に出る。ここが、あの源義経の忠節な家来だった佐藤忠信と戦って討たれた、横川覚範の首塚と伝えられている。佐藤忠信の花矢倉とも呼ばれている。

降《ふ》る雪《ゆき》や義《ぎ》俠《きょう》の僧《そう》の供《く》養《よう》塔《とう》

世《せ》尊《そん》寺《じ》跡《あと》／花矢倉から水分神社へ平坦な道を行くと正面に朱の色の楼門が見える。ここが世尊寺の跡である。廃寺の後、ここに残った三トン近くもある大きな釣鐘が「三郎鐘」である。

み吉《よし》野《の》やうおんうおん響《ひび》く除《じょ》夜《や》の鐘《かね》

三郎鐘《さぶろうがね》／高さ一六六センチ、外径一三八センチ、重さ約三トンもあるこの釣り鐘、俗に、「奈良太郎」「高野二郎」と並び称されて、「吉野三郎」「三郎鐘」と呼ばれている。この鐘を奉納したのは、平清盛の父の忠盛で保延六（一一四〇）年十二月三日とある。

日《ひ》の始《はじ》め年《とし》の始《はじ》めの鐘の音

大《おお》年《とし》の三《さぶ》郎《ろう》鐘《がね》の一《いち》打《だ》かな

人丸塚《ひとまるつか》／この不思議な石仏は、法篋印塔《ほうきょういんとう》の一部ではないかと言われているが定かではなく、今は「人丸塚」とも呼ばれている。「人生《う》まる塚」などとも伝説的に呼ばれていて、人目につかぬ草むらの中で七百年もの間うずくまり続けてきた石仏である。

うづくまりゐし露《ろ》座《ざ》仏《ぶつ》に花《はな》の雨《あめ》

金峯神社《きんぷじんじゃ》／吉野山の奥千本にひっそりと建つ古社で、金峯山（吉野から大峯山上ヶ岳一帯）の地主の神で金山《かなやま》毘古神《ひこのかみ》を祀る。

顔《がん》面《めん》に蟬《せみ》の尿《しと》うく逃《に》げられし

源《みなもとのよしつね》義経の隠《かく》れ塔《とう》／金峯《きんぷ》神社の社務所横の冠木門《かぶきもん》をくぐって小道を下ると、老杉に覆われて、源義経の隠れ塔といわれる、宝形造りの一重の塔がある。

花《はな》のこゑだあれも居《お》らぬ籠《こもり》堂《どう》

吉野神宮《よしのじんぐう》／吉野神宮は、明治二十二（一八八九）年に明治天皇の裁可によって、吉野宮《よしのぐう》として創立され、今の社殿は昭和七年に竣工した。後醍醐天皇の建武の中興に功績のあった、日野資朝《ひのすけとも》・俊基《としもと》、児島高徳《こじまたかのり》、桜山茲俊《さくらやまこれとし》、土居通増《どいみちます》、得能通綱《とくのうみちつな》といった公卿《くぎょう》や武士たちを祀っている。

年《ねん》酒《しゅ》受《う》く吉《よし》野《の》の神《かみ》の土器《かわらけ》に

おーおーと神《かみ》を呼《よ》びゐる夏《なつ》祓《ばらえ》

年《とし》の夜《よ》や吉《よし》野《の》の神《かみ》の大《おお》篝《かがり》

年《とし》の火《ひ》をぽんと蹴《け》出《だ》して煙《た》草《ばこ》に火《ひ》

村上義光《むらかみよしてる》の墓《はか》／吉野神宮の南約一キロメートル、不動坂をのぼりつめた丘の上に立つ宝篋印塔《ほうきょういんとう》が、信濃の武将、村上義光の墓。義光は一三三三（元弘三）年に大塔宮の身代りとして、蔵王堂二天門上で自害した。墓の右には、一七八三（天明三）年に建てられた忠烈碑がある。

もみぢ散《ち》る墓《ぼ》前《ぜん》に据《す》ゑし古《ふる》兜《かぶと》

天あめ

地つち

吉野山《よしのやま》／吉野郡吉野町。吉野川南岸にある大峰山脈の前山。金峯山《きんぷせん》（八五八メートル）から北西に連なる約八キロの山稜を総称していう。通称吉野。山裾から上へ順に下千本《しもせんぼん》・中《なかの》千本・上《かみの》千本・奥《おくの》千本と呼ばれる。桜と南朝の史跡で著名。

天《あめ》地《つち》の闇《やみ》に初《はつ》日《ひ》の兆《きざ》しけり

初《はつ》日《ひ》待《ま》つ人《ひと》のかがやきはじめけり

初《はつ》雀《すずめ》朝《あさ》日《ひ》に吹《ふ》かれをりにけり

阿《あ》闍《じゃ》梨《り》とは知《し》らず倶《とも》にす初《はつ》湯《ゆ》かな

朧《おぼろ》夜《よ》のおぼろの中《なか》に星《ほし》を見《み》し

ちひさくも母《はは》の雛《ひびな》は吉《よし》野《の》雛《びな》

山《やま》々《やま》の朝《あさ》明《け》を待《ま》てる花《はな》霞《がすみ》

遠《とお》目《め》にも花《はな》より明《あ》くる吉《よし》野《の》山《やま》

逢《あ》ひに来《き》し幼《おさな》なじみの桜《さくら》かな

遠《とお》山《やま》の白《しろ》きはすべて山《やま》桜《ざくら》

日《ひ》と月《つき》を道《みち》連《づ》れにして山《やま》桜《ざくら》

山《やま》桜《ざくら》たつた一人《ひとり》のために咲《さ》く

花《はな》のころ花《はな》の吉《よし》野《の》に泊《とま》らんか

巣《す》つばめや吉《よし》野《の》に古《ふる》き葛《くず》の店《みせ》

見《み》てゐても見《み》てゐなくとも桜《さくら》咲《さ》く

人《ひと》は無《む》言《ごん》鳥《とり》啼《な》き花《はな》は山《やま》に満《み》つ

奥《おく》山《やま》に天《てん》与《よ》の桜《さくら》咲《さ》きにけり

花《はな》どきの雨《あめ》を散《ち》らせる雀《すずめ》かな

しばらくは花《はな》の盛《さか》りの中《なか》にゐる

ももいろの雲《くも》あふれたり花《はな》月《づく》夜《よ》

ふるさとに芳野《よしの》三絶《さんぜつ》花月夜《はなづくよ》
咲《さ》き満《み》ちて花夜《はなよ》となりし吉野山《よしのやま》
月《つき》が明《あか》るい終着駅《しゅうちゃくえき》は花《はな》の中《なか》

み吉《よし》野《の》の仏《ほとけ》を巡《めぐ》る若《わか》菜《な》摘《つみ》

陀《だ》羅《ら》尼《に》助《すけ》呑《の》んで又《また》酌《く》む花《はな》の酒《さけ》

畑《はた》を打《う》つ姉《あね》さ被《かぶ》りは尼《あま》額《びたい》

絶頂《ぜっちょう》といふべき刻《とき》の花《はな》吹雪《ふぶき》
老鶯《ろうおう》の鳴《な》く華《はな》やぎも吉野山《よしのやま》
いち早《はや》く朝明《あさけ》を知《し》りぬ燕《つばめ》の子《こ》

朝《あさ》蟬《ぜみ》のしばらく鳴いて暁《あ》けにけり

一《いち》山《ざん》の仏《ほとけ》を巡《めぐ》る虹《にじ》の中《なか》

深《み》吉《よし》野《の》の闇《やみ》深《ふか》々《ぶか》と夜《よ》鷹《たか》鳴《な》く

吉野山《よしのやま》顔《かお》が先寄《さきよ》る麻《あさ》のれん

かなかなや茶粥《ちゃがゆ》冷《ひ》やして待《ま》ちくれし

秋嶺《しゅうれい》へ星笛《ほしぶえ》を吹《ふ》き鳴《な》らしけり

山《やま》深《ぶか》き吉《よし》野《の》の奥《おく》の良《りょう》夜《や》かな

薪《まき》割《わ》りて風《ふ》呂《ろ》を賜《たまわ》る小《こ》春《はる》かな

花《はな》筐《がたみ》吉《よし》野《の》しぐれに濡《ぬ》らすまじ

葛《くず》晒《さら》す吉《よし》野《の》天《てん》人《にん》てふことば

西行庵《さいぎょうあん》／吉野山最奥の金峯神社のさらに奥の小さな台地にある。武士を捨てて法師となった西行が三年間ここで幽居していたという。近くに苔清水がある。

さへづりに口《くち》笛《ぶえ》をもて加《くわ》はりぬ

花《はな》の雲《くも》西《さい》行《ぎょう》庵《あん》に白《さ》湯《ゆ》すする

草《くさ》餅《もち》に西《さい》行《ぎょう》庵《あん》の蓬《よもぎ》摘《つ》む

西《さい》行《ぎょう》庵《あん》さくら若《わか》葉《ば》の中《なか》にあり

日《ひ》雀《がら》聞《き》く西《さい》行《ぎょう》庵《あん》の切《きり》株《かぶ》に

夕《ゆう》立《だち》に西《さい》行《ぎょう》庵《あん》の庇《ひさし》借《か》る

深《み》吉《よし》野《の》のとある小《こ》径《みち》の杜《ほと》鵑《とぎ》草《す》

西行《さいぎょう》と夢路《ゆめじ》に逢《あ》はむ山紅葉《やまもみじ》

立冬《りっとう》や白湯《さゆ》をかみしめかみしめつ

七曲坂《ななまがりざか》／七曲坂は、吉野山の代表的な桜の名所。

ふるさとは花《はな》曼《まん》陀《だ》羅《ら》となりにけり

父《ちち》が曳《ひ》き母《はは》が荷《に》を押《お》す花《はな》の坂《さか》

終《しゅう》着《ちゃく》の七《なな》曲《まが》り坂《ざか》花《はな》月《づく》夜《よ》

葉《は》桜《ざくら》や七《なな》曲《まが》りゆく郵《ゆう》便《びん》夫《ふ》

斑《い》鳩《かる》群れ木《き》々《ぎ》に雪《ゆき》舞《ま》ふ七《なな》曲《まが》り

苔《こけ》清《し》水《みず》（とくとくの泉）／西行庵からそれほど遠くない所に、今も清らかな山の雫を集めて流れ落ちる「苔清水」がある。西行もこの水を汲み、芭蕉ものどを潤したことであろう。

若《わか》水《みず》は磨《みが》かれ出《いで》し山《やま》の水《みず》

若《わか》水《みず》を汲《く》む提《ちょう》灯《ちん》の紋《もん》あかり

若《わか》水《みず》の貴《とうと》き音《おと》を運《はこ》ぶなり

花《はな》の山《やま》追《おい》分《わけ》右《みぎ》は苔《こけ》清《し》水《みず》
西《さい》行《ぎょう》の苔《こけ》の清《し》水《みず》を手《て》に掬《すく》ふ
たましひをすする如《ごと》くに清《し》水《みず》のむ

とくとくと幾《いく》千《せん》年《ねん》を湧《わ》く清《し》水《みず》

下千本《しもせんぼん》／吉野山の桜の群落は、近鉄吉野駅からロープウエイ吉野山駅にかけて山腹を覆う、この辺りが「下千本」である。

一《ひと》齧《かじ》りして猫《ねこ》にやる花《はな》団《だん》子《ご》

飛《ひ》花《か》落《らっ》花《か》吉《よし》野《の》の山《やま》の畑《はた》を打《う》つ

柿《かき》の花《はな》大和《やまと》に聞《き》きし木《こ》挽《びき》唄《うた》

家《か》族《ぞく》してもらひ湯《ゆ》にゆく紅葉《もみじ》峪《だに》

深《み》吉《よし》野《の》や落《おち》葉《ば》を焚《た》きて朝《あさ》の粥《かゆ》

銅鳥居《かねのとりい》／弘願寺《こうがんじ》を出てすぐ目の前に、巨大な銅製の鳥居が、ひときわ高い石段の上にどっしりと建っている。この銅鳥居《かねのとりい》は、木造の安芸の宮島の朱塗りの鳥居、大阪四天王寺の石の鳥居とともに、日本三鳥居の一つとされ、銅製の鳥居としては、日本最古のもので重要文化財に指定されている。

蝶《ちょう》とまるもの、一《ひと》つに鬼《おに》の角《つの》

中千本《なかのせんぼん》／五郎兵衛茶屋から如意輪寺への谷を埋める辺りが「中千本」である。

ふるさとの桜《さくら》吹雪《ふぶき》の中にをり

花《はな》の下《した》尼《に》僧《そう》ひとりの昼《ひる》餉《げ》かな

上千本《かみのせんぼん》／水分神社のある子守《こもり》の集落を頂上に、一気に落下する瀑布を掛けたようなあたりが「上千本」である。

滝《たき》桜《ざくら》舞《ま》ひあがりたる花《はな》吹雪《ふぶき》

あをあをと若《わか》竹《たけ》炎《も》えてゐる如《ごと》し

吉水神社《よしみずじんじゃ》／吉野町吉野山。もとは金峯山寺僧坊で吉水院といった。源義経が一時身を潜め、後醍醐天皇の行宮《あんぐう》となり、太閤花見の本陣として有名。明治の初めに神社に。

月《つき》は雲《くも》に吉《よし》野《の》は花《はな》に隠《かく》れけり

花《はな》に明《あ》け花《はな》に暮《くる》るや花《はな》冥《みょう》利《り》

蟬《せみ》丸《まる》の琵《び》琶《わ》も虫《むし》喰《く》ふ花《はな》の院《いん》

吉《よし》水《みず》の玉《ぎょく》座《ざ》に散《ち》れる桜《さくら》かな

猫《ねこ》の来《き》て玉《ぎょく》座《ざ》に坐《すわ》る花《はな》月《づく》夜《よ》

散《ち》りたれば芳《よし》野《の》のさくら青《あお》葉《ば》かな

しづけさの極《きわ》みやとまる糸《いと》とんぼ

ほととぎす山《やま》の樹《き》雨《さめ》を頬《ほほ》に享《う》く

み吉《よし》野《の》の昼《ひる》の闇《やみ》より鬼《おに》やんま

勝手神社《かってじんじゃ》／吉水神社からもとの町筋へもどって、旅館や土産物店の並ぶ道を少し行くと、勝手明神《かってみょうじん》ともいわれる勝手神社がある。

春《はる》の雪《ゆき》降《ふ》るや静《しずか》の舞《まい》塚《づか》に

天《てん》明《あ》けて朝日《あさひ》差《さ》し込《こ》む花《はな》の山《やま》

失《うしな》ひし社殿《しゃでん》の空に春の鳶

社殿は平成十三年に焼失したが、
現在令和七年十月の再建に向けて工事が進められている。

如意輪寺《にょいりんじ》／吉野町吉野山。浄土宗、山号塔尾山。開基は竹林院にいた日蔵道賢。後醍醐天皇が吉野に行宮を置いた時、その勅願寺になった。境内に楠正行髻《もとどり》塚がある。

花《はな》の山《やま》天《てん》井《じょう》にある絵《え》曼《まん》荼《だ》羅《ら》

かへらじの鐘《かね》のひびきや夕《ゆう》桜《ざくら》

春《はる》の山《やま》おんおんと鳴《な》る宵《よい》の鐘《かね》

花《はな》散《ち》るや天《てん》人《にん》一《いっ》致《ち》鐘《かね》ひびく

花《はな》じまひ鐘《かね》撞《つ》き終《お》へて合《がっ》掌《しょう》す

塔尾陵《とうのおのみささぎ》（後醍醐天皇陵）／吉野町吉野山。如意輪寺本堂の後方、塔尾山の中腹にある後醍醐天皇陵。延元陵ともいう。

み吉野《よしの》の佛《ほとけ》を巡《めぐ》る若菜《わかな》摘《つみ》

しらじらと花《はな》を蔵《ぞう》する山《やま》霞《がすみ》

暁《ぎょう》闇《あん》の延《えん》元《げん》陵《りょう》下《か》雉《き》子《じ》鳴《な》けり

北《きた》を向《む》く御《ご》陵《りょう》の夕《ゆう》べ雉《き》子《じ》走《はし》る

いなびかりして北《ほく》面《めん》をあぶり出《だ》す

八《や》十《そ》吉《きち》の葛《くず》桶《おけ》古《ふる》し初《はつ》氷《ごおり》

いにしへの花《はな》のいろなる葛《くず》湯《ゆ》吹《ふ》く

陵《りょう》守《もり》の朝《あさ》の散《さん》歩《ぽ》や土筆《つくし》摘《つ》む

豆《まめ》飯《めし》や母《はは》ゐるころの夕《ゆう》べに似《に》る

脳天大神《のうてんだいじん》（龍王院《りゅうおういん》）／金峯山寺《きんぷせんじ》の蔵王堂《ざおうどう》から西側へ急な階段（約五〇〇段）を下りた川沿いにある、金峯山寺の塔頭《たっちゅう》の一つ。「吉野の脳天さん」と親しまれている。

寒垢離《かんごり》をはじめんと法螺《ほら》吹《ふ》き鳴《な》らす

寒声《かんごえ》をとつてゐるらし大声《おおごえ》す

ひとりして寒声《かんごえ》をとる滝《たき》のまへ

奥千本《おくのせんぼん》／もっとも遅く花を咲かせる、金峯神社《きんぷじんじゃ》から西行庵、苔清水と史跡に富んだ所が「奥千本」である。

一《いち》番《ばん》鶏《どり》鳴《な》いてゐるなり花《はな》の奥《おく》

奥《おく》山《やま》に艸《くさ》摘《つ》む女《おんな》ゐしが消《き》ゆ

ちらほらと星《ほし》の降《ふ》りだす落《らっ》花《か》かな

夕《ゆう》霞《がすみ》奥《おく》千《せん》本《ぼん》の花《はな》の奥《おく》

そは土《つち》に返《かえ》らむとして散《ち》るさくら
鳥《とり》の糞《まり》より芽《め》吹《ぶ》きたる桜《さくら》かな
それぞれに咲《さ》いて深《み》山《やま》の花《はな》吹《ふ》雪《ぶき》

散《ち》りてより日《ひ》に日《ひ》に青《あお》葉《ば》ふやしけり

青《あお》葉《ば》なる奥《おく》千《せん》本《ぼん》の山《やま》路《じ》かな

若《わか》竹《たけ》の一《いっ》本《ぽん》にして輝《かがや》けり

上《かみ》千《せん》本《ぼん》奥《おく》千《せん》本《ぼん》の竹《たけ》の春《はる》

奥《おく》千《せん》本《ぼん》蜩《ひぐらし》鳴《な》いてゐるばかり

竹林院《ちくりんいん》／吉野町吉野山。金峯山修験本宗。空海が入峰した時の精舎が始まりで後小松天皇から竹林院の名を賜る。千利休作庭の池泉回遊式の借景庭園が著名。

蕗《ふき》の薹《とう》箸《はし》置《おき》にして山《やま》の坊《ぼう》

花《はな》あれば鶯《うぐいす》のきて鳴《な》きにけり

うぐひすの湯《ゆ》屋《や》に鳴《な》きだす朝《あさ》ぼらけ

花《はな》会《え》式《しき》了《お》へし蓮《れん》華《げ》を池《いけ》に挿《さ》す
みほとけに鳥《とり》鳴《な》きにくる花《はな》時《し》雨《ぐれ》
花《はな》の雨《あめ》あがりて濡《ぬ》れしものの光《ひか》る

花《はな》しだれ水《みず》に映《うつ》りて日《ひ》を返《かえ》す

夕《ゆう》雉《き》子《じ》や会《あ》ふたび姉《あね》の母《はは》に似て

襖《ふすま》はづせば夏《なつ》ひろびろとなりにけり

水《みず》打《う》つて朝《あさ》はじまりぬ山《やま》の坊《ぼう》

花矢倉付近の眺望《はなやぐらふきんのちょうぼう》／水分神社のある子守の集落への最後の坂（獅子尾坂）を上りつめた、右の小さな丘が花矢倉である。

花《はな》の山《やま》花《はな》の途《と》切《ぎ》れは蔵《ざ》王《おう》堂《どう》

どの花《はな》の下《した》にても佳《よ》き花《はな》吹雪《ふぶき》

水分神社《みくまりじんじゃ》／吉野町吉野山。祭神は天水分神《あまのみくまり》など七柱。水分の神がみこもり（みごもり）の神、子産みの神に変化し、子守明神と呼ばれ、崇敬されてきた。

水分《みくまり》の鈴《すず》の音《ね》美《は》しき大旦《おおあした》

水分《みくまり》の奥《おく》の奥《おく》なる花《はな》霞《がすみ》

水分《みくまり》の花《はな》の奥《おく》処《か》の潦《にわたずみ》

櫻《さくら》蘂《しべ》降《ふ》る西《さい》行《ぎょう》像《ぞう》の立《たて》膝《ひざ》に

人《ひと》も来《こ》ぬところの花《はな》を愛《お》しむなり

うら若《わか》き西《さい》行《ぎょう》像《ぞう》と春《はる》惜《お》しむ

奥《おく》山《やま》に田《た》の無《な》き御《お》田《た》植《うえ》神《しん》事《じ》かな

空蟬《うつせみ》のまだ眼力《がんりき》を失《うしな》はず

水分《みくまり》の筧《かけひ》にとまる糸蜻蛉《いととんぼ》

赤《あか》ん坊《ぼ》の欠伸《あくび》たふとき冬日和《ふゆびより》

梟《ふくろう》の鳴《な》きゐる水分《みくまり》神《じん》社《じゃ》かな

隣《りん》人《じん》といふべし山《やま》の梟《ふくろう》は

梟《ふくろう》に着《き》せるとすれば木《も》綿《めん》縞《じま》

梟《ふくろう》や目《め》瞑《つむ》りをれば見《み》えて来《く》る

細峠《ほそとうげ》／昭和四十二年十月、ここに一基の句碑が建てられた。〈雲雀より空にやすらふ峠哉　芭蕉〉

春《はる》の空《そら》鳥《とり》に国《こっ》境《きょう》などなかり

うぐひすのよきこゑで鳴《な》く峠《とうげ》かな

桐《きり》の花《はな》峠《とうげ》を越《こ》えて深《み》吉《よし》野《の》へ

吉《よし》野《の》より飛《あ》鳥《すか》へ抜《ぬ》ける夏《なつ》ひばり

かなかなや飛鳥《あすか》へいそぐ峠《とうげ》みち

飛鳥《あすか》へと古《ふる》みちをゆく葛《くず》の花《はな》

細《ほそ》峠《とうげ》ばつた翔《と》びたつ月《つき》明《あか》り

十六夜《いざよい》の峠《とうげ》を越《こ》えて明日香《あすか》路《じ》へ

寒月《かんげつ》や峠《とうげ》を越《こ》ゆる神《かみ》参《まい》り

深《み》吉《よし》野《の》は峠《とうげ》道《みち》より時雨《しぐれ》けり

峰《みね》入《いり》

大峰山《おおみねさん》／大峰山は奈良県にある「日本百名山《にほんひゃくめいざん》」にも選ばれている山である。古くより修験道《しゅげんどう》の場として知られており、女人禁制《にょにんきんせい》の山上《さんじょう》ヶ岳《がたけ》を目指して、各地から人が訪れる。世界遺産にも指定されており、春はとりどりの花々、秋は紅葉と、自然も満喫できる。

山《やま》伏《ぶし》の分《わ》け入《い》る峰《みね》や苔《こけ》の花《はな》

朝《あさ》々《あさ》の法《ほ》螺《ら》吹《ふ》き鳴《な》らし峰《みね》入《いり》す

烏《う》薬《やく》咲《さ》く吉《よし》野《の》の奥《おく》に吉《よし》野《の》あり
かげろふの中《なか》より現《あ》るる峯《みね》行《ぎょう》者《じゃ》
峰《みね》入《いり》や踏《ふ》み込《こ》めば鳴《な》る腰《こし》の鈴《すず》

山《やま》晴《は》れて天女花《おおやまれんげ》の風《かぜ》吹《ふ》けり

大《おお》峯《みね》の風《かぜ》を孕《はら》みて朴《ほお》の花《はな》

白《しろ》褌《ふどし》しめて大《おお》峯《みね》行《ぎょう》者《じゃ》なる

ひき返《かえ》すことなき径《みち》やほととぎす

法《ほ》螺《ら》の音《ね》や鬼《おに》栖《す》む峯《みね》の奥《おく》処《か》より

峯《みね》行《ぎょう》者《じゃ》金《かね》の御《み》岳《たけ》に九《く》字《じ》を切《き》る

かけ寄《よ》りて清《し》水《みず》むすべる荒《あら》行《ぎょう》者《じゃ》

落《らく》石《せき》は己《おのれ》に返《かえ》ると峯《みね》行《ぎょう》者《じゃ》

花《はな》浄《じょう》土《ど》天女《おおやまれんげ》花咲《さ》き満《み》ちて

夜《よ》蛙《かわず》や大《おお》峯《みね》めざす燈《ひ》のひかり

だんだんと天《てん》に近《ちか》づく峰《みね》の入《い》り

ふるみちは天《てん》につづけり雲《くも》の峰《みね》

夏至《げし》の蟬鳴《せみな》くや是《これ》より行者径《ぎょうじゃみち》

天《てん》と地《ち》と法螺《ほら》を吹《ふ》きあふ峰《みね》の入《い》り

深吉野《みよしの》の闇《やみ》の深《ふか》きに青葉木菟《あおばずく》

星笛《ほしぶえ》と呼《よ》ぶ石笛《いしぶえ》の涼《すず》しき音《ね》

山上《さんじょう》やぱくと虫《むし》呑《の》む青《あお》蜥蜴《とかげ》

荒行《あらぎょう》の絶壁《ぜっぺき》に棲《す》む瑠璃《るり》蜥蜴《とかげ》

峰《みね》入《いり》や金《こん》剛《ごう》杖《づえ》はわが墓《ぼ》標《ひょう》

千日回峰中の塩沼亮潤行者

炎《えん》天《てん》の行《ぎょう》者《じゃ》眼《まなこ》に力《ちから》あり

峯《みね》夕《ゆ》焼《や》け西《にし》の覗《のぞ》きの岩《いわ》に立《た》つ

行者《ぎょうじゃ》堂《どう》に水《みず》浴《あ》びにくる四《し》十《じゅう》雀《から》
落《らく》命《めい》といふは一《いっ》瞬《しゅん》雷《らい》一《いち》撃《げき》
いなびかり追《おい》分《わけ》となる行《ぎょう》者《じゃ》径《みち》

秋嶺《しゅうれい》へ星笛《ほしぶえ》を吹《ふ》き鳴《な》らしけり

法螺《ほら》吹《ふ》いて月《つき》をもてなす峯《みね》のうへ

此処《ここ》に来て佇《た》てば流《なが》るる星《ほし》のあり

暁《あ》けくるやあの世《よ》この世《よ》も桜《さくら》どき

大《おお》峯《みね》の嶺《みね》のうへなる天《あま》の川《がわ》

お山《やま》にて居《い》寝《ね》る悦《よろこ》び天《あま》の川《がわ》

風花《かざはな》や金《かね》の御《み》岳《たけ》に烏《う》薬《やく》咲《さ》く
狐《きつね》火《び》や石《いし》積《づ》み墓《ばか》といふ辺《あた》り

洞川《どろがわ》／吉野郡天川村洞川。洞川は、修験道の隆盛とともに大峯信仰の登山基地として栄えてきた。開け放たれた縁側は大勢の山伏たちがいっぺんに旅館に上がれるようにしたもの。

峰入《みねいり》やいきなり崖《がけ》を這《は》ひ上《あ》がる

それぞれに来《き》し方《かた》をいふ峯《みね》行者《ぎょうじゃ》

夜《よ》濯《すす》ぎのものの月《つき》に干《ほ》す行者《ぎょうじゃ》宿《やど》

龍泉寺《りゅうせんじ》／今から一三〇〇年以上の昔、大峯山の山々を行場としていた役行者が、山麓の洞川へ降りたとき、岩場の奥からこんこんと湧き出る泉を発見した。それはそれは底も見えないほど深く青く澄みきった泉だったという。龍之口と名付けてほとりに小堂を建て、八大龍王をお祀りし、水行をしたのが始まりと伝えられている。

木《き》に隠《かく》れわつと脅《おど》かす火《ひ》神《かみ》鳴《なり》

鳴《な》きつづけをらねば途《と》切《ぎ》る蟬《せみ》のこゑ

天河大辨財天社《てんかわだいべんざいてんしゃ》／壬申の乱に勝利した大海人皇子は即位して天武天皇となった。その後、天皇はこの天女の加護に報いるため、麓に神殿を造営し、「天の安河の宮」とした。これが天河大辨財天社の始まりだと伝えられている。

うすらひは風《かぜ》の花《はな》びらかも知《し》れぬ

青《あお》葉《ば》して零《ぜろ》の地《じ》盤《ばん》の公孫樹《いちょう》かな

七《しち》五《ご》三《さん》背《せ》負《お》はれてゐし紋《もん》どころ

稲村ケ岳《いなむらがだけ》／標高一七二六メートル、大峯山系唯一の独立峰の稲村ケ岳は、女人禁制の大峯山（山上ヶ岳）に対し「女人大峯」とも呼ばれている。

雲《うん》海《かい》のその上《うえ》にある青《あお》い空《そら》

秋嶺《しゅうれい》見《み》ゆ眼鏡《めがね》をはづし掛《か》け直《なお》す

吉野町丹治《よしのちょうたんじ》／国学者、本居宣長《もとおりのりなが》（一七三〇～一八〇一）の紀行文「菅笠日記《すがかさのにき》」に上市《かみいち》、飯貝《いいがい》、丹治《たんじ》をへて吉野山へ上ったとある。

見《み》霽《はる》かす吉《よし》野《の》連《れん》山《ざん》初《はつ》日《ひ》影《かげ》

母《はは》の凧《たこ》一《いち》番《ばん》高《たか》く揚《あ》がりたり
土筆《つくし》摘《つ》み昼《ひる》ひと丶きを袴《はかま》取《とり》
あの空《そら》の辺《あた》りが花《はな》の真《ま》つ盛《さか》り

貯木場

夜《よ》回《まわ》りの鐘《かね》のひびける花《はな》の夜《よる》

草《くさ》むらにある落《おと》し穴《あな》夏《なつ》は来《き》ぬ

吉野川べり「うつみ食堂」

番《ばん》茶《ちゃ》もてやまべ煮《に》てゐる匂《にお》ひかな

草《くさ》いきれ兄《あに》を葬《ほうむ》り姉《あね》見《み》舞《ま》ひ

星《ほし》涼《すず》し父《ちち》が遺《い》愛《あい》の硝子《がらす》ペン

たらちねの乳《ち》房《ぶさ》もちあげ天《てん》花《か》粉《ふん》

深《み》吉《よし》野《の》の闇《やみ》深《ふか》々《ぶか》と夜《よ》鷹《たか》鳴《な》く

墓《はか》にさす竹《たけ》の花《はな》筒《づつ》青《あお》葉《ば》木《ず》菟《く》

柿《かき》すだれいよいよ大和《やまと》華《はな》やかに

盆《ぼん》唄《うた》は左《さ》衛《え》門《もん》音《おん》頭《ど》懸《かけ》ぼんぼり

生《い》かされしいのちを尽《つ》くす寒《かん》の月《つき》

本善寺《ほんぜんじ》／本善寺は飯貝御坊《いいがいごぼう》ともいわれ、本願寺第八世の蓮如上人《れんにょしょうにん》が、文明《ぶんめい》八（一四七六）年に吉野地方への真宗布教の拠点《きょてん》として創建《そうけん》した名刹《めいさつ》で、下流下市《しもいち》の願行寺《がんぎょうじ》とともに、吉野門徒の信仰の中心となった。〈飯貝や雨に宿りて田螺聞く〉の芭蕉の句碑がある。

まつ先《さき》に花《はな》咲《さ》く寺《てら》を訪《たず》ねけり

花《はな》朧《おぼろ》浄《じょう》土《ど》の寺《てら》の蟇《ひき》のこゑ

昼《ひる》鳴《な》いて夕《ゆう》べも鳴《な》いて蟇《ひき》蛙《がえる》

みよしのの懐《おもいの》桜《さくら》若《わか》葉《ば》せり

老《ろう》木《ぼく》の桜《さくら》紅《も》葉《みぢ》と仰《あお》がるる

飯貝《いいがい》／千股《ちまた》の集落から下ってきた道が吉野川につき当たるところに「桜の渡し」があって、多武峰《とうのみね》や飛鳥から芋峠を越えてやってきた旅人は、ここで対岸の飯貝へ渡る。

頬白《ほおじろ》と御慶《ぎょけい》をかはす旦《あした》かな

どんど焼《やき》まで隠《かく》しおく黴《かび》の餅《もち》

万歳《まんざい》の二《に》月《がつ》礼《れい》者《じゃ》や雪《ゆき》ちらちら

菜《な》飯《めし》喰《く》ひここが古《ふる》里《さと》とぞ思《おも》ふ

薄氷《うすらい》を飛《と》び越《こ》えてゆく遅《ち》刻《こく》の子《こ》

さくら時《どき》あけつぱなして誰《だれ》も居《い》ず

桜《さくら》鮎《あゆ》吉《よし》野《の》の朝《あさ》の粥《かゆ》の膳《ぜん》

皆《みな》が聞《き》く母《はは》の居《い》場《ば》所《しょ》や栗《くり》の花《はな》

母《はは》の日《ひ》の母《はは》は朝《あさ》から茶《ちゃ》粥《がゆ》炊《た》く

呼《よ》び水《みず》をして汲《く》みはじむ夏《なつ》の朝《あさ》

田《た》植《うえ》笠《がさ》足《あし》もて足《あし》を洗《あら》ふなり

だんだんと声《こえ》近《ちか》くなる時鳥《ほととぎす》

母《はは》の手《て》の親《おや》指《ゆび》太《ふと》し夏《なつ》蜜《み》柑《かん》

蚊《か》帳《や》の釘《くぎ》曲《まが》りしままに古《ふ》りにけり

夕《ゆう》星《づつ》や跣《はだし》で父《ちち》の靴《くつ》磨《みが》く

茶粥《ちゃがゆ》冷《ひ》やしてちちははを供養《くよう》せり

芋《いも》粥《がゆ》に三《さん》代《だい》つづく釜《かま》の蓋《ふた》

月《げっ》光《こう》やむささび棲《す》める天《てん》井《じょ》裏《うら》

かなかなや母《はは》の遺《のこ》せし仮《か》名《な》日《にっ》記《き》
どぶろくの糀《こうじ》をねかす掘《ほり》炬《ご》燵《たつ》
どびろくに酔《よ》ひたればこそ歌《うた》ふなれ

深《み》吉《よし》野《の》や朝《あさ》の門《かど》掃《は》く神《かみ》迎《むかえ》

恋《こい》をして髭《ひげ》焦《こ》がしたる竈《かまど》猫《ねこ》

手《て》を焙《あぶ》る我《われ》を育《そだ》てし手《て》なりけり

しぐるるや母《はは》を恋《こ》ふ日《ひ》と父《ちち》恋《こ》ふ日《ひ》

吉野町上市《よしのちょうかみいち》／上市の町は伊勢街道筋にあり、山上詣、高野詣、伊勢詣の拠点となっていた。今も古い町屋が残っており、往時の繁栄がうかがえる。

母《はは》のくに田螺《たにし》鳴《な》く夜《よ》は雨《あめ》といふ

鶯《うぐいす》を立たさぬやうに眸《め》を閉《と》ぢる

花《はな》の夜《よ》や木《き》箱《ばこ》の中《なか》に父《ふ》母《ぼ》の恋《こい》

老《ろう》鶯《おう》のしきりと鳴《な》ける母《はは》のくに

妹山《いもやま》・背山《せやま》／吉野郡吉野町。吉野川をはさんで対峙する妹山（二六〇メートル）と背山（兄山、二七二メートル）の総称。伊勢街道に沿う妹山に式内社の大名持《おおなもち》神社がある。

あらひは吉野《よしの》の田螺《たにし》なりにけり

今《いま》釣《つ》りし鮎《あゆ》を囮《おとり》として使《つか》ふ

夜《よ》振《ぶり》火《び》の妹《いも》背《せ》の山《やま》を通《とお》りけり

妹《いも》背《せ》なる闇《やみ》うつくしき螢《ほたる》の火《ひ》

妹《いも》山《やま》へやがて背《せ》山《やま》へ螢《ほたる》の火《ひ》

ほうほうと追《お》ふが楽《たの》しき螢《ほたる》かな

妹《いも》背《せ》への夜《よ》道《みち》すなはち螢《ほたる》谿《だに》

妹《いも》山《やま》の火《ほ》垂《た》る火《び》がまづ急《きゅう》上《じょう》昇《しょう》

手《て》のひらに裏《うら》返《がえ》りたる草《くさ》ぼたる

ふるさとに妹《いも》山《やま》背《せ》山《やま》夜《よ》振《ぶ》りの火《ひ》

一《いち》山《ざん》を樹《じゅ》霊《れい》と仰《あお》ぐ冬《ふゆ》の月《つき》

吉野川《よしのがわ》／台高《だいこう》山脈の経ヶ峰付近に発して西北に流れ、吉野郡吉野町国栖《くず》付近で高見川と合流、和歌山県に出て紀の川となり、和歌山市で紀伊水道に注ぐ。長さ八一キロ。

若鮎《わかあゆ》のつよき鼓動《こどう》のまぎれなし

風和《かぜな》ぐや鮎《あゆ》のつつつく花筏《はないかだ》

尻《しり》を浮《う》かべ泳《およ》ぎしむかし鮎《あゆ》の川《かわ》

童《わらべ》なり夕《ゆう》立《だち》の端《は》にゐし父《ちち》は

箱《はこ》眼《め》鏡《がね》䗪《あうら》でおさふ縞《しま》泥《どじょう》鰌

天然《てんねん》の鮎《あゆ》を嗅《か》がせて吉野《よしの》びと
ふるさとによそ者《もの》として鮎《あゆ》掛《か》くる
熾《おこ》り火《び》に青《あお》竹《だけ》挿《さ》せり鮎《あゆ》の酒《さけ》

ごろごろと鮎《あゆ》掛《か》けてゐる日《ひ》暮《ぐれ》かな

鮎《あゆ》掛《か》けに柿《かき》の葉《は》鮓《ずし》をぶら下《さ》げて

山《やま》仕《し》事《ごと》半《はん》ドンにして鮎《あゆ》を釣《つ》る

これが釣《つ》りたての鮎《あゆ》よと焼《や》いて出《だ》す
川《かわ》漁《りょう》師《し》岩《いわ》を枕《まくら》に昼《ひる》寝《ね》せり
竹《たけ》竿《ざお》で水《みな》面《も》叩《たた》いて鮎《あゆ》を追《お》ふ

かはせみのゐて故郷《ふるさと》の河原《かわら》かな

箱《はこ》漬《づけ》を揚《あ》げにきてゐる水《みず》の秋《あき》

子《こ》持《もち》鮎《あゆ》食《た》ぶるや秋《あき》の空《そら》高《たか》く

深《み》吉《よし》野《の》や鮎《あゆ》を開《ひら》きて月《つき》に干《ほ》す

良《りょう》夜《や》なり盥《たらい》に釣《つ》りし鯉《こい》放《はな》ち

雨《う》月《げつ》なる磧《かわら》に一《ひと》つ石《いし》拾《ひろ》ふ

小《こ》春《はる》日《び》の磧《かわら》に釣《つ》りの父《ちち》に遇《あ》ふ

川《かわ》漁《りょう》師《し》冬《ふゆ》の磧《かわら》に鶏《とり》毟《むし》る

世尊寺《せそんじ》／吉野郡大淀町。曹洞宗、山号霊鷲山。聖徳太子が創建。役行者が大峰山入峰前に寺に籠って修行したことから行者道分道場という。

爛《らん》漫《まん》といふべき花《はな》の夕《ゆう》べかな

かがやきて花《はな》の如《にょ》来《らい》と申《もう》すべし

音《おと》立《た》て、猫《ねこ》が水《みず》呑《の》む花《はな》月《づく》夜《よ》

春《はる》の雪《ゆき》漬《つけ》物《もの》樽《だる》に舞《ま》ひ込《こ》めり

春《しゅん》耕《こう》の長《なが》靴《ぐつ》をぬぎ僧《そう》となる

回《かい》廊《ろう》に玉《たま》葱《ねぎ》吊《つる》し寺《てら》を守《も》る

目《め》に青《あお》葉《ば》仏《ほとけ》に手《て》相《そう》なかりけり

心《しん》経《ぎょう》の風《かぜ》打《う》ち起《お》こす団扇《うちわ》かな

ひだまりのあればかならず竜《りゅう》の髭《ひげ》

来《き》て見《み》れば壇《だん》上《じょう》桜《ざくら》初《はつ》もみぢ

しぐるるや鴨《かも》居《い》に掛《か》けし頭《ず》陀《だ》袋《ぶくろ》

柳《やなぎ》の渡《わた》し（六《む》田《だ》の渡《わた》し）／六田は、吉野郡吉野町。吉野川の南岸段丘上一帯の地。六田の渡しは奈良盆地から吉野山への往還の要衝であった。

ふるさとの六田《むだ》の渡《わた》しの春《はる》夕《ゆ》焼《やけ》
花《はな》待《ま》つや春《はる》の雪《ゆき》降《ふ》る渡《わた》し跡《あと》
さくら満《み》ち赤《あか》き日《ひ》の没《い》る美《うま》し国《くに》

桜《さくら》の渡《わた》し／千股の集落から下ってきた道が吉野川につき当たったところに「桜の渡し」があった。いまは、「桜橋」という橋が架かっている。

深《み》吉《よし》野《の》の川原《かわら》の泥《どろ》に燕《つばめ》寄《よ》る

椿《つばき》の渡《わた》し／椿の渡しは、「吉野川の三渡し」の一つで「柳の渡し」の下流に開かれた。上流に「桜の渡し」があった。

ひぐらしや夕日《ゆうひ》珠《たま》なす渡《わた》し跡《あと》

秋《あき》ゆやけ何《なに》釣《つ》れたかと問《と》うて寄《よ》る

象《きさ》の小川《おがわ》／吉野郡吉野町。象《きさ》は、宮滝の対岸、樋口・中荘・園など喜佐谷付近一帯。吉野川を隔てて南側の急斜面の山を象山といい、喜佐谷を流れる川を象の小川と称した。

春《はる》立《た》つや象《きさ》の小《お》川《がわ》のさざれ波《なみ》

みよしの の象《きさ》の小《お》川《がわ》に雛《ひな》流《なが》す

春《はる》の水《みず》象《きさ》の小《お》川《がわ》に掛《か》け合《あ》ふも

さくらふる象《きさ》の小《お》川《がわ》へ夢《ゆめの》淵《わだ》へ
おほかたは象《きさ》の小《お》川《がわ》へ桜《さくら》散《ち》る
たましひのこぼれては浮《う》く花《はな》筏《いかだ》

花《はな》筏《いかだ》象《きさ》の小《お》川《がわ》を流《なが》れけり

螢《ほたる》火《び》の象《きさ》の小《お》川《がわ》をとりもどす

涼《すず》しさよ象《きさ》の小《お》川《がわ》の煌《きら》めきも

流《なが》れゆく紅葉《もみじ》は水《みず》にくつつきて

桜木神社《さくらぎじんじゃ》／桜木神社は、吉野町喜佐谷に鎮座する神社で、大国主命、小彦名命を祀って疱瘡の神として信仰。今も昔ながらの屋形橋を参道にして朱塗りの社殿をみせている。

石《いし》一《ひと》つあれば座《すわ》りて落花《らっか》あぶ

天《てん》真《しん》の社《やしろ》をつゝむ新《しん》樹《じゅ》光《こう》

菜摘《なつみ》（初音《はつね》の鼓《つづみ》）／宮滝の上流にある万葉人が歌に詠んだ里。「初音の鼓」は静御前縁の鼓で、菜摘の民家にて見せていただいた記憶がある。

悲《ひ》恋《れん》なる朧《おぼろ》月《づき》夜《よ》の古《ふる》鼓《つづみ》

窪垣内《くぼがいと》／吉野郡吉野町。吉野川の上流域にある農山村。古くから国栖《くず》にかけて手漉《す》き和紙の吉野紙（国栖紙）の産地として知られる。木箸の産地でもある。

紙漉きの里

吉《よし》野《の》紙《がみ》丸《まる》めたるだけ母《はは》の雛《ひな》

み吉《よし》野《の》のうるかを盛《も》りし笹《ささ》の舟《ふね》

熱燗《あつかん》をこんにゃくで呑《の》む欣一忌《きんいちき》

たぎちつつ冬日《ふゆひ》散《ち》らして楮《こうぞ》ふむ

寒星《かんぼし》や紙《かみ》漉《す》く家《いえ》に灯《ひ》のともり

国栖《くず》／吉野郡吉野町。吉野川と高見川が合流する付近の段丘にある農山村。国樔・国主とも書く。古くから国栖奏《くずそう》が伝えられ、現在も旧正月十四日浄見原神社で奉納される。

国《く》栖《ず》奏《そう》は三《みっ》日《か》後《ご》といふ初《はつ》音《ね》かな

国《く》栖《ず》奏《そう》や笛《ふえ》の翁《おきな》の高《たか》しらべ

国《く》栖《ず》奏《そう》の笛《ふえ》の翁《おきな》は元《も》助《じょ》役《やく》

それぞれの己《おの》が紙《かみ》漉《す》き卒《そつ》業《ぎょう》す

照《てる》紅《もみ》葉《じ》国《く》栖《ず》の翁《おきな》の試《ため》し笛《ぶえ》

散《ちり》もみぢ焚《た》きゐし笛《ふえ》の翁《おきな》かな

赤《あか》腹《はら》と呼《よ》びて尊《とうと》ぶ寒《かん》うぐひ

四《し》五《ご》日《にち》もゐれば馴《な》れにし吉《よ》野《の》寒《ざむ》

鷲家口《わしかぐち》／鷲家口は、幕末の一八六三年、改革を望んだ尊王攘夷派の若者、天誅組《てんちゅうぐみ》が最期をむかえた地である。

天《てん》誅《ちゅう》の十《じゅっ》士《し》の墓《はか》に散《ち》る木《こ》の葉《は》

鼓《こ》動《どう》

東《ひがし》吉《よし》野《の》村《むら》／県南部、吉野郡。吉野町の東に接する山村。鷲家口に丹生川上神社中社があり、ここで壊滅した天誅《てんちゅう》組の吉村寅太郎らの墓が残る。また天照寺脇に原石鼎旧居がある。

初《はつ》音《ね》なるしやがれ笑《わら》ひの八《や》咫《た》烏《がらす》

美《み》吉《よし》野《の》は春《しゅん》雷《らい》をもて暁《あ》くるなり

うすらひに小《こ》石《いし》を落《お》とす八《や》咫《た》烏《がらす》

奥《おく》山《やま》に天《てん》台《だい》烏《う》薬《やく》の花《はな》咲《さ》けり

深《み》吉《よし》野《の》のどの径《みち》ゆくも山《やま》桜《ざくら》

みよしのの花《はな》寂《じやっ》光《こう》をまとひをり

筍《たけのこ》を掘《ほ》るとき落《らっ》花《か》しきりなり

花《はな》は葉《は》に神《かみ》の棲《す》む樹《き》に白《しろ》雀《すずめ》

深《み》吉《よし》野《の》に立《りっ》夏《か》の笛《ふえ》を吹《ふ》き鳴《な》らす
流《なが》れゆく川にも初《しょ》夏《か》のひかりあり
はつなつや時《とき》折《おり》は来《く》る薬《くすり》売《うり》

深吉野《みよしの》や巌《いわ》瀬《せ》にあまた鮎《あゆ》の食《は》み

みよしの、奥《おく》も奥《おく》なる蟬《せみ》時《し》雨《ぐれ》

水《みず》打《う》てば深《み》吉《よし》野《の》の風《かぜ》吹《ふ》き起《お》こる

神《かみ》々《がみ》の飲《の》み残《のこ》したる酒《さけ》冷《ひ》やす

夕《ゆう》蟬《ぜみ》の金《こん》色《じき》の聲《こえ》ひびきけり

七《たな》夕《ばた》の深《み》吉《よし》野《の》に泊《は》つ星《ほし》数《あま》多《た》

深《み》吉《よし》野《の》の空《そら》のあかるき十《じゅう》三《さん》夜《や》

字《あざ》の名《な》は小《おむら》と言《い》へり萩《はぎ》の月《つき》

案《か》山《か》子《し》揚《あ》げ心《しん》棒《ぼう》だけが残《のこ》りゐし

猟犬《りょうけん》の獲《え》物《もの》くはへて泳《およ》ぎ着《つ》く

猪《しし》撃《うち》のこの前《まえ》といふ二《ふ》夕《た》昔《むかし》

耳《みみ》よりも鼻《はな》の冷《つめ》たし深《み》吉《よし》野《の》は

深《み》吉《よし》野《の》の寒《かん》の葬《そう》列《れつ》じやらんぽん

寒《かん》雷《らい》や砂《すな》もて磨《みが》く杉《すぎ》丸《まる》太《た》

猪《しし》の血《ち》を子《こ》犬《いぬ》に与《あた》ふ狩《かり》の宿《やど》

石鼎庵《せきていあん》／東吉野を愛してやまなかった一人の俳人、原石鼎《はらせきてい》。東吉野村の自然の中で俳句とともに生き、数々の名作を残した。

冷《ひ》やし瓜《うり》石《せき》鼎《てい》庵《あん》に持《も》て成《な》さる

石《せき》鼎《てい》庵《あん》記《き》帳《ちょう》ひらけば屁《へ》放《ひり》虫《むし》

名月《めいげつ》や石鼎庵《せきていあん》を開《あ》け放《はな》つ

掃《は》かれあり石鼎庵《せきていあん》の磴《とう》の雪《ゆき》

石鼎《せきてい》の煮《に》炊《た》きの竈《かま》に火《ひ》吹《ふき》竹《だけ》

ひとしきり尺《しゃく》八《はち》吹《ふ》いて石《せき》鼎《てい》忌《き》

夢《ゆめ》の淵《わだ》／奈良県東吉野村小《おむら》。『日本書紀』に神武天皇が丹生の川上にのぼって戦勝を祈願された場所とされているのが「夢《ゆめ》の淵《わだ》」である。神武天皇がここで吉兆の占いをしたという「神占いの淵」である。

ゆふやけの空《そら》の二《ふた》つや夢《ゆめ》の淵《わだ》

翁《おきな》ゐて涼《りょう》の笛《ふえ》吹《ふ》く夢《ゆめ》の淵《わだ》

火《ほ》垂《たる》から螢《ほたる》が生《う》まれ夢《ゆめ》の淵《わだ》

夢《ゆめの》淵《わだ》あたりに消《き》ゆる姫《ひめ》螢《ぼたる》

流《なが》れ来《き》し葉《は》に螢《ほうたる》の火《ひ》をともす
螢《ほうたる》の水《みな》面《も》より起《た》つ夢《ゆめ》の淵《わだ》
螢《ほたる》火《び》のまたたき合《あ》ひて夢《ゆめ》の淵《わだ》

水《みず》澄《す》むや雨をたたへて神《かみ》の淵《ふち》

風《かざ》花《はな》や川《かわ》のまぐはふ神《かみ》の淵《ふち》

降《ふ》る雪《ゆき》やみるみる清《す》めり夢《ゆめの》淵《わだ》

寒《かん》の水《みず》湛《たた》へて清《きよ》し神《かみ》の淵《わだ》

丹生川《にゅうがわ》／厳しい修行の末に体得した空飛ぶ術を使って飛んでいた仙人が、洗濯をしていた女性の白い脛に見とれてしまって神通力を失い、あっという間に川中に墜落した。この仙人が久米の仙人。落ちたところが丹生川のあたりと私は思う。

鮎《あゆ》を釣《つ》るむかし仙《せん》人《にん》落《お》ちし川《かわ》　久米の仙人

もみぢ鮎《あゆ》月《つき》夜《よ》に干《ほ》してゐたりけり

鳥見霊時《とみのれいじ》／奈良県東吉野村。神武天皇が鳥見山に霊時（祭場）を立てたという伝説の地。

朝《あさ》日《ひ》子《こ》に込《こ》みあげて鳴《な》く初《はつ》鴉《がらす》

朗《ろう》々《ろう》と八《や》咫《た》の烏《からす》の初《はつ》音《ね》なる

新《しん》年《ねん》の風《かぜ》吹《ふ》いてをり鳥《とり》見《み》山《やま》

字《あざ》一字小《おむら》の村《むら》の野《の》菊《ぎく》かな

頂上《ちょうじょう》や此処《ここ》にはじまる野菊晴《のぎくばれ》

あの山《やま》と自然薯《じねんじょ》で指《さ》す大和《やまと》富士《ふじ》

立冬《りっとう》やことに野《の》菊《ぎく》の輝《かがや》けり

かぎろひの丘《おか》／宇陀市大宇陀迫間。宇陀川沿いの小高い丘にあり、柿本人麻呂《かきのもとのひとまろ》が当地で詠んだ秀歌「ひむがしの野にかぎろひの立つ見えてかへりみすれば月かたぶきぬ」を刻んだ歌碑が立つ。

かぎろひの丘《おか》に摘《つ》みたるつくしんぼ
かぎろひの丘《おか》の土筆《つくし》を煮《に》てくれし

その中《なか》にいのち蠢《うごめ》く蝌《か》蚪《と》の紐《ひも》
かぎろひの山《やま》に烏《う》薬《やく》の花《はな》咲《さ》けり
あの山《やま》の麓《ふもと》に天《てん》台《だい》烏《う》薬《やく》咲《さ》く

そこだけが光《ひか》つてゐたり寒《かん》の蘭《らん》

大宇陀《おおうだ》／宇陀は、県中東部、宇陀市菟田野《うたの》・大宇陀・宇陀山地一帯の地域名。宇陀川の流域で、熊野から大和、大和から伊賀・伊勢への通過地帯として開けた。特産に吉野葛がある。

蓬《ほう》莱《らい》に鳥《と》見《みの》霊《れい》時《じ》の石《いし》加《くわ》ふ

秀《ひで》さんといふ傘《からかさ》の音《おん》頭《ど》取《とり》

櫓《ひつじ》田《だ》に火《ひ》を焚《た》きけぶる宇《う》陀《だ》郡《ごおり》

さくさくと手《て》で割《さ》き葛《くず》を天《てん》日《ぴ》干《ぼ》し

御船《みふね》の滝《たき》／高さ五〇メートル、二段になって水が勢いよく流れ落ちる。冬季の冷え込みによっては、見事な氷瀑になる。その姿は文殊菩薩の現れともいわれ、知恵を授ける滝として伝えられている。「御船《みふね》の滝《たき》」と地名の「井氷鹿《いひか》」は古事記にも名前が登場する。

春《しゅん》泥《でい》といふ輝《かがや》きを拭《ぬぐ》ひけり

滝《たき》凍《い》て、五《ご》葉《よう》の松《まつ》の象《かたち》なす

月《つき》あびの虹《にじ》を生《う》みたる氷柱《つらら》かな

凍《いて》滝《たき》の解《と》けてまた凍《い》つ月《つき》の影《かげ》

凍《いて》滝《たき》の裏《うら》の水《みず》音《おと》春《はる》近《ちか》し

下市町《しもいちちょう》／吉野郡の北西に位置し、北は大淀町、東は吉野町、西は五條市、南は黒滝村に接している。南は紀伊山地に続き標高が高く森林が多いので、その間伐材を利用した割箸や神具、三方などを作る家内工業が盛んで、かつて割箸は日本一のシェアを誇った。

み吉《よし》野《の》のこの宿《やど》がよし鮎《あゆ》膾《なます》

十月三日

いへづとに弥《や》助《すけ》鮨《ずし》買《か》ふ蛇《だ》笏《こつ》の忌《き》

千石橋《せんごくばし》／近鉄下市口駅下車、岡崎通りの商店街を南へ三百メートルほど進むと千石橋があり下市町はここから始まる。千石場は昔、牛馬が一日に千石を運送し、奥地から下市へまた奥地へと米、麦、物資の総てをこの橋に頼ったことからこの名があり、交通の要衝であった。

初市、千石橋の上

風《かざ》上《かみ》に父《ちち》の立《た》つなり寒《さむ》からむ

大淀町《おおよどちょう》／吉野川に沿って国道一六九号線が通る東西に長い町で、南北は高取山を背にゆるやかに傾斜して吉野川に至る。一六九号線は大峰の修験者の道、吉野山へ登る道、紀州の殿様の参勤交代の道であったという。

笠《かさ》紐《ひも》は母《はは》の腰《こし》ひも鮎《あゆ》を釣《つ》る

姉、恭子逝く

はるかなるいのちの旅《たび》の冬《ふゆ》霞《がすみ》

姉《あね》の骨《ほね》ひろふ大和《やまと》は枯《か》れつくし

上北山村《かみきたやまむら》／吉野郡上北山村。

万《ばん》緑《りょく》の中《なか》なる天《てん》の光《ひか》りけり

川上村《かわかみむら》／吉野郡川上村。

深《み》吉《よし》野《の》の夜《よる》の新《しん》樹《じゅ》を愉《たの》しめり

黒滝村《くろたきむら》／吉野郡黒滝村。

この辺《あた》り白《しろ》山《やま》桜《ざくら》葉《は》の美《は》しき

下北山村《しもきたやまむら》／吉野郡下北山村。

鮎《あゆ》の眼《め》にたつぷりと振《ふ》る化《け》粧《しょう》塩《じお》

天川村《てんかわむら》／吉野郡天川村。十津川の上流、天ノ川流域を占める林業中心の山村。大峰山脈の西麓にあり、その登山口として知られる。洞川《どろがわ》で八月三日、行者祭が行われる。

花《はな》の夜《よ》や竹《たけ》の器《うつわ》に竹《たけ》の箸《はし》

天《てん》女《にょ》花《ばな》影《かげ》にも蕾《つぼみ》ありにけり

天女花は大山蓮華のこと

天《てん》女《にょ》花《ばな》咲《さ》かして後《ご》鬼《き》の行《ぎょう》者《じゃ》宿《やど》

なで石《いし》をなでてゐたれば河鹿《かじか》鳴《な》く

天《てん》に月《つき》地《ち》には大《おお》山《やま》蓮《れん》華《げ》咲《さ》く

法《ほ》螺《ら》吹《ふ》いて崖《がけ》這《は》ひ上《のぼ》る峯《みね》の入《い》り

天《てん》近《ちか》き天《てん》川《かわ》村《むら》の火《ほ》垂《た》るの火《ひ》

十《と》津《つ》川村《かわむら》／十津川村の面積は六七二・三八平方キロメートルで、およそ東京都の三分の一という日本一大きな村である。天誅組の吉村寅太郎らの墓がある。

翡《かわ》翠《せみ》の鳴《な》いて川《かわ》瀬《せ》を溯《さかのぼ》る

谷瀬《たにぜ》の吊橋《つりばし》／吉野郡十津川村上野地。十津川に架かる上野地地区と谷瀬地区とを結ぶ大吊橋。昭和二十九（一九五四）年に完成し、全長二九七・七メートル、川面からの高さは五四メートルある。

吊《つ》り橋《ばし》の真《ま》下《した》を覗《のぞ》く落《らっ》花《か》の瀬《せ》

野迫川村《のせがわむら》／野迫川村へは、高野山から竜神スカイラインを下るコースと、西熊野街道（国道一六八号線）大塔町《おおとうちょう》小代《こだい》から入るコースとがある。

み吉野《よしの》に竝《なら》びて木々《きぎ》の雪仏《ゆきぼとけ》

奥吉野《おくよしの》／吉野郡のうち吉野山地の南部をいい、口吉野に対する。吉野川の上流を一部含むが、大部分は大峰山脈をはさんで南流する十津川・北山川の流域である。

錐《きり》もみて火《ひ》を生《う》ましむる大旦《おおあした》

山《やま》始《はじめ》神《み》酒《き》さゝげゐる腰《こし》に鉈《なた》

たんぽぽや花《はな》の吉《よし》野《の》を故《こ》郷《きょう》とす

日《ひ》と月《つき》と一《いち》山《ざん》の花《はな》鳥《とり》のこゑ

この先《さき》は神《かみ》の領《りょう》域《いき》山《やま》ざくら

石《いし》一《ひと》つ神《かみ》と崇《あが》めて山《やま》桜《ざくら》

あの頃《ころ》のやうには鳴《な》らぬ草《くさ》の笛《ふえ》

老鶯《ろうおう》のこゑに雨《あめ》やむ気配《けはい》あり

名月《めいげつ》や地霊《ちれい》畏《かしこ》み野猿《やえん》啼《な》く

かなかなの鳴《な》くばかりなり深吉野《みよしの》は

月《つき》白《しろ》や吉《よし》野《の》の奥《おく》は神《かみ》すまふ

竹《たけ》筒《づつ》に地《ぢ》酒《ざけ》を満《み》たし斧《おの》仕《じ》舞《まい》

深《み》吉《よし》野《の》に鬼《おに》てふ姓《せい》や冬《ふゆ》落《らっ》暉《き》

風花《かざはな》や吉野《よしの》の奥《おく》の葬《そう》の銅鑼《どら》

寒星《かんぼし》の立《た》ちとどまれば動《うご》かざり

冬《ふゆ》の星《ほし》さびしくなれば歌《うた》ふなり

あとがき

句集『吉野百景《よしのひゃっけい》』は、『夢淵《ゆめのわだ》』『風袋《かざぶくろ》』『雷鼓《らいこ》』『花筐《はながたみ》』『山口素基《やまぐちそき》の三百句（自註句集）』に次ぐ私の第六句集です。

本句集は、ふるさと吉野の名勝を百景にしぼってまとめ、俳句で綴る『吉野百景』といたしました。

吉野は、吉野町のみならず広く吉野郡部を「吉野」として捉え、編集いたしました。吉野郡は、日本列島のほぼ真ん中にあり、その臍のあたりが吉野であると言っても過言ではないと思います。

「吉野」という地名が『古事記』や『日本書紀』に登場し、かつては離宮が置かれました。飛鳥時代の大海人皇子が近江の都から吉野に逃れ、その後飛鳥浄御原宮を置いて古代律令国家を築きました。また、役小角《えんのおづぬ》が大峰山を開き修験道を創立した「吉野」はいつの時代にも度重なる災難に耐えて、その都度不死鳥のように蘇っています。句集『吉野百景』をお読みいただき、一緒に「吉野」を愉しんでいただければこの上ない喜びです。

集中には一部を除いて平成元年から令和五年十二月までに作句したものの中から百景を独自に絞り、五百句を自選し収めることにいたしました。

配列はおおよそ年代順とし、「明滅《めいめつ》」「天地《あめつち》」「峰入《みねいり》」「鼓動《こどう》」の四つに分けて入集いたしました。なお、名勝には参考までに簡単な説明をいたしました。

句集上梓にあたりましては、「運河」主宰谷口智行先生に身に余る帯文を賜り心より御礼申し上げます。また、句友の皆様や多くの方々のご支援と励ましに感謝申し上げます。

令和七年三月二十一日

山口素基

著者略歴

山口素基《やまぐちそき》（本名　利八《としや》）

昭和二十四年五月三十一日　奈良県吉野郡吉野町に生まれる。昭和四十八年大妻学院「三番町句会」入会。平成元年「堅香子」入会。平成五年「風」入会。平成十二年「堅香子賞」受賞、平成十四年「堅香子」同人、俳人協会会員。平成十四年「風」終刊。同年「万象」入会、平成十九年同人。平成二十一年「りいの」入会、同人。平成二十三年埼玉文芸賞準賞受賞。平成二十三年俳人協会埼玉県支部世話人。平成二十七年同事務局。同年埼玉県俳句連盟事務局長（副理事長）。同年、入間市俳句交流会代表。平成二十九年「運河」入会、同人。同年大阪俳人クラブ入会。同年埼玉県俳句連盟副理事長（小中学生俳句コンクール担当）。平成三十年第五回井月忌俳句大会伊那市長賞受賞。令和三年埼玉県俳句連盟参与。

現住所　〒三五八―〇〇一一　埼玉県入間市下藤沢一二七九―四五

電　話　〇四―二九六三―七五七五

句集　吉野百景　よしのひゃっけい

二〇二五年三月二一日　初版発行

著　者――山口素基

発行人――山岡喜美子

発行所――ふらんす堂

〒182-0002　東京都調布市仙川町一―一五―三八―二F

電　話――〇三（三三二六）九〇六一　FAX〇三（三三二六）六九一九

ホームページ　https://furansudo.com/　E-mail info@furansudo.com

振　替――〇〇一七〇―一―一八四一七三

装　幀――君嶋真理子

印刷所――三修紙工㈱

製本所――三修紙工㈱

定　価――本体二六〇〇円＋税

ISBN978-4-7814-1726-4　C0092　¥2600E